JOÃO ANZANELLO CARRASCOZA

CORPO DO TEMPO: CICATRIZES
HISTÓRIAS COM: DOIS PONTOS

Rio de Janeiro, 2023

Sumário

A: conselheira, 7

Alguns: pertences, 11

Ainda: dá tempo, 12

Amor: ordem, 14

Anos: de separação, 17

As pessoas: seus atos, 19

Às vezes: sempre, 22

Bicho: homem, 23

Cabelos: brancos, 24

Caim: Abel, 25

Caixa: bens, 26

Chave: certa, 28

Ciclo: (s), 30

Corpo do tempo: cicatrizes, 32

Costura: de meses, 34

Desapego: apego, 35

Dizer: maldizer, 37

Duas: vozes, 39

Ela: visionária, 41

Ele: eu, 43

Então: mas, 45

Escada: menina-senhora, 47

Escrita: tempo, 50

Escuro: argila, 52

Estação: Madalena, 54

Eu: sofrimento, 56

Fases: das lembranças, 59

Filho: fim, 60

Filho: veleiro, 62

Irmã: imóvel, 64

Léxico: novo, 66

Lições: duas, 68

Mãe: mãos, 70

Meu primeiro: amor, 72

No entanto: aliados, 74

Nome: Dolores, 76

Observador: de elite, 78

O peso: compatível, 80

Os dias: a vida, 81

Palavra: gemidos, 83

Palavras: prisão, 84

Salto: página, 86

Sangue: sangue, 88

Sempre: às vezes, 90

Sol: chuva, 91

Sombras: luz, 93

Superfície: lisa, 95

Um amor: morto, 98

Verbos: outros tempos, 100

Vida: breve, 102

Vide: a vida, 104

A: conselheira

Naquele bairro periférico em que vivi alguns meses num velho sobrado, havia um prédio próximo ao cinturão de casas modestas que ocupavam as poucas ruas ali existentes. Erguia-se como um corpo estranho na região, um coqueiro em meio à relva rasteira. Nele, moravam famílias de migrantes, jovens operários, idosos solitários. E ela: a conselheira – designação que me ocorreu, não sem um grão de ironia, depois de ouvir a sua voz saltando do apartamento que dava para os fundos de meu quarto. Falava alto, graduando o tom peremptório das palavras como quem se dirige não a seu interlocutor, mas a uma plateia: uma plateia obrigada a ouvi-la e a aplaudir a sua sensatez e o seu poder discricionário de encontrar soluções (para as vicissitudes alheias, melhor talvez do que para as próprias). A conselheira entrava em ação à noite, ao retornar do trabalho (*e qual seria?*, eu me perguntava); durante o dia, sem a presença dela, o silêncio circulava como vento pelas ruas do casario. As "sessões" começavam invariavelmente quando o celular dela tocava: mal dizia "alô", a conselheira disparava perguntas atrás de perguntas, ansiosa para atirar na água da conversa a sua rede de recomendações. Os assuntos eram os mais diversos: desde itinerários de ônibus até aplicações financeiras em renda variável – e mesmo os temas mais frívolos, que não pediam prescrição nenhuma, senão meros comentários, ganhavam dela alguma advertência. Por vezes, e aí a sessão atingia o status de extraordinária, a conselheira recebia visita em seu apartamento, levava-a para a sacada, onde havia duas cadeiras de vime – e, então, a sua voz soava altissonante para que todos os moradores do prédio – e das casas – ouvissem a sua ilimitada sabedoria. No princípio: divertia-me escutá-la, embora não me interessasse nem os assuntos – ela passava dos comezinhos aos íntimos com igual naturalidade –, nem os respectivos conselhos que se seguiam aos seus exórdios e, sobretudo, às suas perorações. De repente, as palavras da conselheira, como agulhas, perfuravam a teia escura da noite e me pegavam distraído; eu demorava um tempo para entender que aquelas frases indagativas não eram da minha consciência, tampouco de um espírito feminino ancestral, que me alertava para os perigos da existência. Com o dispersar dos dias, no entanto, passei a me aborrecer: tão logo captava os primeiros trechos do diálogo dela com alguém, do outro lado da linha (não seria, enfim, um monólogo?), dei para julgar, perversamente, as suas sensatas preleções, o que freava (em parte) a minha ira e reduzia o meu amargor. Em certas ocasiões, quando me sentia exausto, sem paciência comigo mesmo (imagine, então, com a vida de estranhos), cheguei a enfiar a cabeça pela janela para protestar – lembro-me de uma vez em que eu disse, *dá pra falar mais baixo?*, o que a calou por um instante, para em seguida retornar à conversa no mesmo diapasão de indiferença –, mas desisti, convicto de que, mesmo se inconsciente, era esse o intuito dela: chamar atenção para si, exibir o seu cabedal, oficiar a sua liturgia, pouco se importando com os descrentes da vizinhança. Tentei distinguir seu rosto nas noites em que saía à sacada, mas ela nunca se aproximava do parapeito; o máximo que avistei, além de seus pés, foi a silhueta de um corpo largo e pesado – o que combinava bem com o seu excesso: de certezas e verdades. Recordo-me de que quando fui embora do bairro, no entardecer de um sábado, postei-me à porta do sobrado, à espera de ouvir a sua voz, talvez porque, apesar do alívio futuro, era o som dali que mais despertava a minha humanidade. Agora, passados tantos anos, vivendo numa casa diante do mar, flagrei há pouco um coqueiro, assolado pela tempestade, despencando sobre a relva, e, estranhamente, lembrei-me da conselheira. O que dirá (se é que já não o disse!) para si mesma, quando a finitude lhe cobrar a entrega da vida? Uma súbita compaixão se apoderou de mim e só então descobri o quanto, ingenuamente, em alto volume, ela tentava (com os seus vãos conselhos) amenizar a sua (a nossa) irremediável condição.

Alguns: pertences

A flor que brota dessa planta sempre será de sua terra: embora fora dela.

O dente arrancado da gengiva sempre será de sua boca: mesmo atirado no lixo.

Os cabelos sempre serão da cabeça de onde despontaram: ainda que estejam entre os dedos alheios.

As águas das nuvens, em chuvas transformadas, sempre serão águas das nuvens que as geraram: não importa onde secam.

Pertencer é: um bem de raiz.

O que é nosso – sonhos, perdas, versos –, nosso continuará: até que no mundo se dilua.

Por isso: o que é concedido, antes de o ser, já é de quem o recebe.

A vida é do nada: razão pela qual nos é dada.

Ainda: dá tempo

Ainda: dá tempo de levá-la ao teatro para assistir a uma peça infantil, e, no escuro, sabendo-se velho, vivenciar a bênção de tê-la ao seu lado, menina, encantada com o jogo de cena, descobrindo os primeiros vislumbres da arte de representar – de ser outro, de ser quem ele não sabe mais ser –; uma experiência tão comum entre pais e filhos, mas, no caso de ambos, rara, talvez derradeira, porque ele já está às portas de outra (a verdadeira) escuridão. Ainda: dá tempo de fazer refeições com ela, dividindo o prato e evitando os dissabores, como se não fosse acontecer o que, em breve, aconteceria, separando-os para sempre. Ainda: dá tempo de ir com ela à praça do bairro, e vê-la brincando no balanço e no escorregador, misturando-se com outras crianças (misturar-se é uma forma de lembrar que não estamos, ou que não somos seres solitários). Ainda: dá tempo de viver semanas sob a mentira da normalidade, talvez meses (mas, dificilmente anos) sem que ela saiba do mal que se dissemina sem cura pelo corpo dele. Ainda: dá tempo? De dizer o que jamais poderá ser dito na ausência dele, o que lhe dói por saber, há tempos, que o ponto final o aguarda, tão acolhedor, e, que, no entanto, se ela o seguir, como filha de quem é, ao experimentar o sentimento abrasivo do vazio (ele roga aos céus, aos céus que não acredita, o contrário), ela conhecerá, intuitivamente, o poder assolador do adeus.

Amor: ordem

Ela reclamava: o marido, maníaco por ordem. Desde que haviam se conhecido, adolescentes. A verdade é que: ele gostava de ver cada coisa em seu lugar. Na medida para a boa convivência, ou era exagerada a sua atitude? Quem poderia dizer? Ela? Só ela? Ele? Só ele? Ou ambos, juntos a observar os pratos da balança? Ela reclamava. No começo, quando recém-casados, até se divertia, tão contrário o jeito dele da maioria dos homens: nenhum par de sapatos na sala, cueca alguma no chão do banheiro, segredo algum à vista de estranhos. Livros nas prateleiras da estante, palavras polidas antes de serem ditas, memórias no coração (para apanhá-las, como frutas, na hora em que a saudade tivesse fome). Ela reclamava: o marido arrumadinho demais. Centrado. Previdente. E, claro, ele reclamava dela: chaves esquecidas, recibos de compras mofando sobre a mesa, vidros de esmalte abertos pela sala. Ela: a relapsa, a desleixada, a caótica. Ele: o doente, o obsessivo, o perfeito. O tempo os unia pelos anos de dor e contentamento partilhados: e os filhos. E depois os netos. O tempo os tolerava pelo dia a dia das condutas opostas: ela, a desorganizadora; ele, o ordenador. Ela reclamava: ele, na velhice, ainda mais "viciado" nos arranjos domésticos. E nos próprios sentimentos: os íntimos. Deu para chamá-lo de Ivan: Ivan Ilitch. Porque era verdade: ele raiva-estourava com a toalha jogada no box do banheiro, a cortina da janela do quarto semiaberta, os restos de comida grudados na pia depois que ela escovava os dentes. Mas no fundo: ela gostava de ver as almofadas ajeitadas (por ele) sobre o sofá, quando apareciam em casa inesperadamente familiares ou vizinhos. Ela gostava de chegar com as sacolas da feira e observá-lo a guardar as verduras e as frutas com cuidado na geladeira. Gostava de que o seu Ivan, como uma entidade mágica, sumisse em minutos com a bagunça que ela deixara. Mas, uma tarde, saindo às pressas para pagar uma conta no banco, ela deixou o caos na sala de estar, a cozinha cheia de louça suja, a copa pedindo ostensivamente que passassem o pano de chão. E, quando voltou, tudo estava do mesmo jeito: era a primeira vez que ele não devolvera os objetos ao seu lugar. Admirada, caminhou até o quarto e o encontrou sobre a cama, de olhos fechados: instaurando, sem querer, uma nova (e inevitável) ordem na vida dela.

Anos: de separação

Necessário, ou por acaso, tivemos de nos conhecer em estágios distintos da vida: eu, na maturidade; você, flanando ainda na juventude. Obrigados, por nós mesmos (e mais ninguém), criamos a passarela sobre o abismo para transitarmos de lá para cá pela história de um e do outro, dissolvendo a distância e nos forçando a viver num território único. A mútua obsessão pelo mistério alheio fez coincidir o nosso medo da solidão e a nossa habilidade de suportar as diferenças. Combinamos de atiçar os mesmos sentimentos, a fim de fundir os corpos, as rotinas, as voragens. Depois, também, por escolha, ou consentimento, nutrimos juntos, num crescendo, os conflitos miúdos até que se tornaram as vibrantes batalhas, cujo troféu é a nossa condição atual. Exigimos, quando nos conhecemos, mudar imediatamente nossos sonhos para atingir esta atual e inviável realidade. Tivemos de viver muitos anos para chegar ao nosso destino (previsto desde o início). Tivemos de viver muitos anos para afinal: nos separarmos.

As pessoas: seus atos

Dizem: podemos ler o passado e o futuro de uma pessoa pelas suas ações no presente. Seus gestos, como palavras, revelariam a história que ela escreve, a sua biografia virtual, cujo desfecho é possível prever, basta aprendermos esse alfabeto. Não sei se me tornei um bom leitor, especializado em ler a escrita dela, mas a nossa convivência me levou a observar diariamente, com profunda atenção, os seus atos. Faço uma pequena lista, restrita ao seu despertar, como orações subordinadas de um texto para o qual peço uma leitura cuidadosa: sempre que acorda, permanece um tempo quieta e imóvel na cama, tanto que, às vezes, parece-me estar ainda adormecida. Mesmo nas manhãs esfuziantes de sol, uma vez decidida a se levantar, estica com preguiça o dedo até o botão do interruptor e acende a luz do quarto, cuja janela só será aberta se eu estiver em casa – o cheiro de sua pele e os miasmas de seu sonho ficam a flutuar como uma aura sobre os lençóis amarfanhados. Por fim, estica as pernas, move os braços, senta-se na beira da cama, os olhos ainda fechados. Segue para o banho demorado, com água quente, quase a queimá-la; lava duas vezes os cabelos – com xampu primeiro, depois condicionador –, e desliza pelo corpo, feito carícia, uma barra de sabonete de glicerina. Ao terminar, enrola a toalha na cabeça, como turbante, e, diante do espelho esfumaçado, passa do rosto aos pés dois tipos de creme, deixando os tubos abertos sobre a pia (assim os encontrará no dia seguinte). Pendura a calcinha na torneira do box (seu varal íntimo), não recolhe a camisola que ficou sobre a tampa da privada ou no chão (à espera de que alguma entidade – eu – a retire dali e a materialize mais tarde sob o seu travesseiro). Liga o secador no máximo e, enquanto desembaraça os cabelos, canta baixinho, mira-se, admira-se, remira-se até que aprove o seu próprio penteado. Procura um par de lingerie (a parte de cima e a debaixo) da mesma cor e modelo. Dilata o tempo, sem pressa, para encontrar a roupa do dia – o que resultará, sobre a cama ou a cadeira de balanço, numa pilha de calças compridas, blusas e vestidos (amarrotados). Todos os sapatos serão experimentados (por sorte não são muitos) e ela escolherá o menos batido. No banheiro novamente, escova os dentes às pressas, mas demora se maquiando (uma fina linha de lápis sobre as pálpebras, o rímel nos cílios, o batom discreto nos lábios, a camada de blush nas faces). Apanha a bolsa nova (o couro já riscado, seco e opaco, pedindo cuidados – que não virão), procura em seu interior a chave do carro (nunca colocada no mesmo lugar, o que a confunde, a aborrece, e, por vezes, a faz resmungar, recriminar-se, perguntar-se, *por que sou assim?*), e, então, sai para o trabalho, sem tomar café da manhã, sem lavar a louça da noite anterior empoçada na pia da cozinha, sem remover da mesa da sala os extratos bancários, as notificações de multa do Detran, os jornais velhos, os frascos de remédio – mas não sem ver, e responder, os bilhetes que deixo para ela: a letra é irregular, os desenhos canhestros, as mensagens de amor.

Dizem: podemos ler o passado e o futuro de uma pessoa pelas suas ações no presente. Então, pergunto: o que eu acabei de escrever, a respeito dela, diz sobre mim?

Às vezes: sempre

Quem sorri serenamente: pode estar à beira do colapso.

Aquele que sofre: horas antes vivenciou o gozo.

A dor é tão insuportável: que deixa de doer.

Os arranjos misteriosos do mundo não nos contemplam com a glória: mesmo se mínima.

Comer o que sobra da refeição anterior: nos envergonha.

Ser cuidado amorosamente por gente desconhecida (num hospital, por exemplo) nega a nossa falácia: por contrapartida.

A concha só serve para conter, por um tempo: o que nasceu para se desconter.

A matéria flexível não se fixa: em sua capacidade de se adaptar.

A morte: também é uma dádiva.

Uma farpa de alegria – ei-la – escapa, de súbito: de minhas mãos.

Bicho: homem

Vi ontem um homem
Catando comida entre os detritos
Na imundície da Rua Manuel Bandeira
Bairro do Jaguaré, São Paulo.

Quando achava alguma coisa
– Ali, nas proximidades do Carrefour –,
Não examinava nem cheirava:
Engolia com voracidade.

Disputava os restos com um cão,
Um gato,
Um rato.
O homem, meu Deus: era um bicho.

Cabelos: brancos

De repente: o confinamento. E as velhas senhoras deixaram de ir ao salão de beleza. Algumas aprenderam a pintar em casa os próprios cabelos. Outras encontraram nas filhas certa habilidade de cabeleireiros. Mas: a maioria renunciou às tinturas. O grisalho retornou às cabeças. Em muitas, o branco se reinstalou em definitivo: tanto nos fios lisos, quanto nas mechas encaracoladas. Um corte na vaidade, mas não na graça. Nenhuma franja de disfarce. O brilho (ou a falta dele) real.

De repente: o confinamento. E as velhas senhoras se puseram mais belas.

Caim: Abel

Caim: !
Abel: ? /
Caim: !!!
Abel: –
Caim: .

Caixa: bens

O pai, leitor de Homero, contou-me sobre aquela caixa – e todos os males que saltaram dela, tão logo Pandora a abriu, restando em seu fundo, mínima, a esperança, que, ao demorar a se mover, ficou presa lá para sempre, pois a caixa foi fechada imediatamente, embora as mais brandas maldições, junto às maiores tragédias, já estivessem se espalhado pelo mundo. De cima, em voo, os males nos observam e, na hora ideal – em que menos esperamos, alegres com a luz da primavera –, descem, rasantes, para nos selar o justo destino: a ruína. Menino, perguntei ao pai: *e a esperança retida?* O pai respondeu: *sorte nossa! A esperança é o pior dos males. Solta, arrasaria cada pedra da verdade.*

Tempos depois, ouvi da mãe, leitora de Santo Agostinho, que havia outra caixa, de valia superior, onde estavam guardados os bens a nós reservados. Interessei-me obstinadamente por essa caixa, já que a de Pandora nos legara os males, todos a rondar a nossa existência – e impossíveis de serem neutralizados. Procurei a caixa dos bens durante toda a vida, imaginando que, se conseguisse abri-la e libertar seu conteúdo, os bens sairiam em luta com os males pelo universo afora. Mas nunca a encontrei. Foram quase sessenta anos de busca obsessiva. No entanto, outro dia, envolto nas asas de um mal que baixou aqui para me fustigar, senti como se a caixa de Pandora estivesse em minhas mãos. Sacudi-a – e ouvi o som quase inaudível da esperança. Talvez o mal mais devastador seja (mesmo) o que contém todos os bens.

Chave: certa

Eu sei: portas abrem, portas fecham. E a de casa, quando se abre para ele entrar – e, claro, depois sair –, eu sinto o mundo se dar a mim por uma abertura maior, como se só a presença dele me bastasse, tanto quanto me cabe (insuficiente ainda que plena) a sua ausência durante quase toda a semana. Eu sei: portas abrem, portas fecham. E a da minha história, quem abriu, junto com ela (mãe), foi ele, e sempre que eu olho dentro de mim, vejo-o lá, sentado no chão, brincando de boneca comigo; à mesa, cortando a carne em pedacinhos para eu não engasgar nem sobrecarregar meus dentes de criança; invisível, no escuro do meu quarto, contando-me histórias da menina que queria chegar ao fim do mundo (o jeito que inventou de me dizer, indiretamente, que um dia o mundo dele chegaria ao fim e eu teria de seguir, carregando-o sob o peito); e em outras tantas cenas, todas simples, como são as do cotidiano, e fáceis de serem lembradas, porque nada têm de especial, e por isso são as que mais doem, porque o somatório delas é que me mostrou a fresta, a única, por onde o amor foi se instalando. Eu sei: portas abrem, portas fecham. São barreiras feitas para separar o íntimo do público; a sala da calçada, a vida de uma mulher e a de um velho que vem aos domingos visitá-la – porque o dentro de um não pode deixar de fora o dentro do outro, porque meu pai, eu sei, e ele também (e pouco importa ao mundo) está indo embora de mim. Portas abrem, portas fecham. E, às vezes, continuam de pé: mesmo se não há mais paredes de um lado nem paisagem do outro, mesmo se ao seu redor só há o vazio – o vazio da palavra, que, até com a chave certa, não pode fechar a saudade.

Ciclo: (s)

Ela sonhava em reunir as amigas em casa para a noite do pijama, quando completasse sete anos. Sabia que nem sempre os pais conseguiam lhe dar o que pedia – poucas vezes, aliás, atendiam seus pedidos, não que fossem clamores exagerados (era uma sonhadora, desde pequena, atolada na realidade), mas as margens financeiras ali eram quase sobrepostas, larga só a distância entre o seu querer e o poder deles. Contudo, empenhando-se de uma maneira que ela descobriria no futuro ser arriscada, por resultar em dívidas (e meses para quitá-las), os pais retiraram aquela festa do mundo inatingível e a materializaram para ela: foi o seu maior alumbramento. E tanta foi a alegria vivenciada com as amigas, que ocuparia lugar sagrado em sua memória. Sim. Mas outra lembrança, de sinal oposto, se fixou em seu altar ao lado daquela e a acompanharia até seus últimos dias: a dor de garganta, a dificuldade de engolir e a febre na manhã seguinte. O primeiro contato profundo com o ciclo das emoções: ora o contentamento; ora, para substituí-lo, o pesar. E vice-versa. Em grau maior, um: com efeito reduzido, o outro. E dali em diante: sempre.

Corpo do tempo: cicatrizes

Alguém, certamente leitor de Borges, propôs que haveria dentro do Tempo, contínuo e imutável, um tempo humano. E esse, à nossa imagem e semelhança, registraria em seu corpo as marcas de nossa História: desde as tatuagens de rena (conflitos apagados com facilidade) às feridas abertas indefinidamente (guerras irremediáveis). No entanto, a escrita da Vida só seria compreendida pelas cicatrizes, seu desenho em alto-relevo. Cicatrizes: sinais definitivos das dores do crescimento. Deslizando um dedo imaginário por elas, seria possível discernirmos, letra a letra, o seu texto em andamento, e, assim, ler o nosso mundo, a falácia de nossas narrativas. Despalavrar o mistério. Cortar relações com a mentira. A forma de compreender a nossa humanidade: pelas cicatrizes rasuradas no corpo do tempo. A essa altura, um corpo inteiro de: cicatrizes. E as cicatrizes: apenas a memória das dores. Porque as dores são o Tempo presente – e, se recordadas, não têm o poder de nos afligir; ressentidas, não nos causam mais danos. Cicatrizes. Dois pontos. Geografia das dores. Nós de sangue coagulado. Rijo desenho dos nossos erros.

Costura: de meses

Peguei a ponta da linha de janeiro e enfiei no buraco da agulha de fevereiro – o verão ainda reinava. Ao chegar março, pensei que o tempo me pregaria um botão dourado no tecido das horas, mas a quarentena, decretada, obrigou-me a dar os pontos na espera, cozendo o medo e cerzindo os vazios que se formavam com a impossibilidade de ver pessoalmente meus filhos. Assim, fui costurando abril a maio e a junho, e aos demais meses até dezembro. Quando o ano terminou, eu tinha à mão um pano negro retorcido: a nossa bandeira, inteiramente perfurada de luto.

Desapego: apego

Ele, dizia de si mesmo, com meias-palavras ou gestos-plenos, que era um desapegado: não se atava, visceralmente, a nada – gente ou coisa. Cultivava vínculos, claro, mas não reclamava na hora da ceifa. Não por mania, nem por imposição (improvável) dos genes. Por um simples motivo, matemático: quanto mais, mais. Muitas e muitas propriedades? Maior e maior a servidão! Ele, dizia de si mesmo, que escolhera não ter bens; de seu só essa coragem: o desprendimento, abnegado. Preferia se valer do objeto alheio, e para o alheio devolver depois do uso, em quase ou igual (como se fosse possível) estado. Na infância, a sua bicicleta era mais usada pelos amigos. Roupas: algumas semanas em seu corpo; daí para frente, até desbotarem, eram disputadas entre os primos e os vizinhos. Automóvel: para quê? Ônibus e trem: de todos e de ninguém. Perfeitos para o seu perfil. Vez por outra, um táxi: *viajo, pago, saio sem as preocupações de dono*, dizia, ele, unicamente consigo. Sem as amarras da posse. Casa, apartamento? A vida inteira, aluguel. Aliás, a vida, dele e de todos, dizia, também era alugada. Ilusão pensar que dotes pertencem a esse ou àquele homem. De empréstimo, sempre. Amores: ele sereno com o ontem-sim e o hoje-não-mais. Discreto: nunca se vangloriava de sua insujeição. Mas, embora nem percebesse, vivia igualmente no cativeiro. Seu desapego era o que era: um tipo de apego.

Dizer: maldizer

Dela, eu preferia nada dizer. Seu aroma está a anos-luz de minhas narinas. Meus braços já não sentem o peso de suas angústias crônicas. Nem minhas mãos os ossos de suas costelas quando se atirava sobre mim, movida por uma alegria imprevista, sem saber como desfrutá-la – as boas-novas operavam como agressões do mundo contra o seu descontentamento habitual. Nada a dizer dela: também por outros motivos. O principal, e do qual me livrei com a sua partida: os seus resmungos. As injúrias. As lamentações. Havia sempre uma lasca de mal-estar em suas horas felizes. Quando a vida ardia em silêncio, ela vazava sua enxurrada de palavras. Reclamava dos vizinhos. Dos parentes distantes. Dos vivos. Dos mortos. Queixava-se de si, dos demais, de todos. A sua maior virtude: maldizer. Nada escapava de seu julgamento – via defeito até na perfeição. Não perdoava o pai, a mãe, a espécie humana. A seleção natural. Conhecia uma pessoa – e, de imediato, descobria o seu flanco, o seu órgão de choque, os seus pensamentos venais. Dela, eu preferia nada dizer. Mas já disse, sem querer, e agora me dou conta. Disse e me surpreendo – pois, ao dizer, eis que, ao revés dos meus costumeiros ditos, acabei de maldizê-la. Poderoso, o efeito de sua contaminação. Este meu maldizer é uma obra-prima: dela.

Duas: vozes

:   :

Por que chegastes
nessa hora tardia?   Cheguei?

Quem pergunta sou eu.   Sim.

Podias ter chegado antes.   Quando?

Quando eu ainda era outro.   Agora, quem és?

Este que está aqui, não vês?   E o que o difere
                                                   do anterior?

O tempo de menos.   Ou o tempo demais?

O vivido, mas não o por viver.   Quem pode afirmar?

A verdade do corpo.   O corpo não
                                                   raro engana.

O fogo conhece a chama.   A chama, mesmo
                                                   fraca, arde.

Mas não evita seu destino
de cinzas.

O estertor é claro e intenso.

É o que faço à tua frente.

Então, admites?

Mesmo ciente de
minha espera?

E agora, o que fazemos?

E o descompasso?

Será que dá tempo?

Por que chegastes tão tarde?

Entre as cinzas,
há brasas.

Desfrute o lume
que te resta.

Não, reclamas do
meu atraso.

Vim quando pude.

Esperar também
nos move.

Tentemos.

É próprio do
caminho.

O pouco que temos
ainda é vida.

Para vivermos
juntos os teus
últimos
dias.

Ela: visionária

Avistava lá adiante: tudo. E tudo não no seu atual, mas já transformado. No presente vivido: a matéria-prima do porvir. No silêncio: o destino em mãos à obra. Ela: visão, ainda no caminho, da chegada. Na inércia das possibilidades: apenas uma vingará, as demais vão gorar. Naquilo que é o que é, ela distingue o que é que será: a forma final. Final, mas largada para outro olhar. Seu alcance, para além das miragens. Até o próximo elo da cadeia existencial. O mundo do ser em contínua transmutação. Ela: vislumbres, nessa etapa, da seguinte. Nas árvores: a mesa, a canoa, a viga da cumeeira. Nas janelas: os vidros quebrados pela pedra de um menino. No céu calmo: a nevasca. No pendão das flores: o corte da ventania. Nas montanhas: os arranha-céus citadinos. Nesses: a silenciosa demolição do tempo. Nos frutos: o sumo espesso. No sumo: o vômito. E, depois: os vermes. Nas nuvens: a antipoesia. Na toalha de linho: o futuro trapo de chão. No arco-íris: a agonia de uma tarde. Na camisa do velho: a fralda geriátrica. Nas plumas: os ossos do amanhã. Na garrafa de champanhe: as bolhas do mal subindo pela taça. Nos campos de trigo: os fardos de palha seca. Nos braços largos: os adeuses. Nos abismos: a vida nova a se estatelar lá embaixo. Nos cântaros de barro: a água morta do rio. Nos domingos: as horas magras de amor. Nas gengivas sem dentes: os sabores arrancados. Nos espelhos, que jamais evitava, a sua doença a sorrir: e toda a dor que, até o fim, ela terá de arrastar.

Ele: eu

Ele nem abriu os olhos e já a certeza: acordei. Em seguida, outra farpa da consciência se moveu: o hálito pesado. Certeza: estou em casa. Um gesto mecânico: as pernas se estirando. Um pensamento: hoje, segunda-feira. O som inesperado: motor de um carro na rua. Uma lembrança: ninguém ao seu lado. E a resolução: fazer café. Uma imagem associada: o bule amassado. Outra imagem: a xícara lascada. Olhos, agora, abertos: nas vigas do teto. Ouvidos atentos: para o silêncio deixado lá fora, como um rabicho. Cogitando, de passagem: a lista de compromissos. A começar pela continuidade do texto em progresso. Cogitando, seriamente: a lista de compromissos. Tantos, e nenhum prazeroso, a não ser... Sim, a redenção: escrever. Seu posicionamento, sincero: no fogo da escrita, nunca o êxtase, mas os pequenos júbilos, como bolhas na água fervente. Nó súbito na memória, efeito de uma sinapse: saudades do pai. O rosto dele, desenhado pela sua imaginação, linhas imprecisas a lápis, os olhos de um verde-musgo, envolventes como sargaços. Umas palavras, as últimas, dela, seu amor: até um dia. De novo: até um dia. O significado, claro: adeus. Outro som: latido de cachorro. Talvez um daqueles, rueiros, desesperadamente famintos. Em pé, diante do vaso: jato de mijo fraco, a próstata aumentada. Assim, os contras do tempo. Uma pergunta: mas quais os prós? O tempo: em riste, rumo ao pleno. O pleno: a ruína. No caminho, a gente sendo. Cabeça a se erguer, o espelho à frente: ele atrás de si. Outra certeza: velho! Mas o menino ainda nele. O de sempre. Em que tufo de mato? E a pergunta fatal: onde eu-ele fomos parar?

Então: mas

Os vizinhos eram bárbaros.

Mas: era ele quem, não raro, se esganiçava aos gritos com os filhos.

Censurava a liberdade que a irmã concedia ao marido, deixando-o viajar com os amigos para longas (e escusas) pescarias.

Mas: às ocultas, inventava viagens de negócios para dar vazão a seu comportamento libertino.

Criticava os amigos que exibiam carros importados, chamando-os, à miúda, de provincianos colonizados.

Mas: só não agia da mesma forma por faltar dinheiro para as extravagâncias.

Injuriava os funcionários do condomínio, apontando seus mínimos deslizes.

Mas: esquecia-se dos próprios defeitos, comezinhos, e, segundo o mesmo juízo, reprováveis.

Adorava recriminar a conduta das pessoas, se não combinasse com sua régua de valores.

Mas: fingia, numa autoavaliação, que tal régua não lhe servia como medida.

Comparava os seus desafetos a símios.

Mas: vivia pendurado em cipós argumentativos.

Reprovava todos os que tomavam decisões imediatas.

Mas: chegava às suas resoluções, também, às pressas.

Fingia desconhecer que, entre ele e o mundo, não havia o Mas.

Pior: acreditava-se imune ao Mas.

Escada: menina-senhora

A menina irrompeu do quarto, no andar de cima, atravessou velozmente o corredor ensolarado, chegou à beira da escada que conduzia ao piso de baixo e ia descer, às carreiras, quando viu a mãe, lá na sala escura, dar um passo em sua direção: o primeiro degrau da subida, arrastando a perna, fraca demais para o peso que lhe ia na alma. Não estivesse ali, na outra ponta, a menina continuaria correndo, não porque visse nela um obstáculo e evitasse ouvir a reprimenda, *é perigoso descer escada assim*, mas, porque se assustou ao vê-la, como se tivesse se esquecido dela e, de repente, a redescobrisse, frágil, a lesão no joelho dificultando seus movimentos. Também a mulher, da posição onde estava, ao erguer a cabeça depois de subir o primeiro degrau, viu a filha, lá no alto, iniciando a descida menos afoita, se bem que ainda imprudente, e, cumprindo seu papel de mãe, teve vontade de dizer, *cuidado!*, mas, como já o dissera tantas vezes e, para não parecer autoritária – no fundo queria apenas protegê-la –, não disse nada e continuou a subir em seu arrastado silêncio, mirando ora um degrau, ora os próprios pés, as palavras quietas na boca como saliva. A filha também prosseguiu em sua rápida descida, não tinha como ser cuidadosa, estava alegre, e, mesmo menina, já sabia que a alegria é um descuido do destino, cumpria pois viver a sua; a saia esvoaçava a cada um de seus passos, e, aproximando-se da mãe que vinha, ascendente, teve vontade de avisar, como uma criança obediente, *vou lá no jardim*, mas as palavras ficaram girando em sua boca como confeitos e ela não disse nada, seu tropel na escada o dizia. A mãe fingiu que a subida não lhe cansava, nem o joelho lhe doía, mas, antes de atingir a metade do caminho, viu a menina, passando, ligeira, quase a lhe tocar – e se a tocasse, ela se desequilibraria –, o que, de súbito, a assustou, porque, por um instante, concentrada em seus próprios esforços, e na luz do sol fulgindo lá em cima, havia se esquecido da filha, só se apercebeu quando captou o vento que a passagem dela produzia. A menina, saltitante, quase esbarrou na mãe, já alcançava o fim da escada, diante da sala onde os móveis, rústicos, turvavam a penumbra, e, de repente, como se um portal se abrisse diante de seus pés, sentiu o joelho doer e uma inesperada lassidão dominar seu corpo. Foi aí que se viu na posição contrária, esticou a mão direita e tocou o corrimão, o apoio necessário para subir todos aqueles degraus. E, ao erguer os olhos, estranhamente fraca, notou que uma menina emergia do corredor ao sol lá em cima e descia, apressada: rumo à sala escura.

Escrita: tempo

Só agora que me tornei um velho, consegui escrever, semanas atrás, um texto sobre o acidente que vitimou meu pai. O carro que o levava para a cidade de Maringá, sob um temporal, derrapou na pista e se estraçalhou num rochedo. O motorista, embora ferido, seguiu sua existência naquela noite. Meu pai, ao lado dele, no banco da frente, atingiu a noite absoluta. Na mesma hora, seus seis filhos (o mais velho, 15 anos; o mais novo, 2) jantavam e assistiam, junto à mãe (de 36 anos), à novela *Simplesmente Maria*, na TV Tupi, num aparelho preto-e-branco Colorado. Simplesmente não sabiam (ainda) de nada. Conversavam e sorriam, enquanto o pai morria entre as ferragens.

Precisei viver cinquenta anos, depois do acontecimento, para escrever este texto, semanas atrás. Sangrei cada uma das palavras com o máximo de verdade – já que passei a vida me abrindo e me fechando no reino delas: onde também há rodovias, tempestades e acidentes. Mas, como pede a escrita, fui revisar a minha hemorragia: o que estava coagulado e não admitia mudança, o que seguia vertendo dor (e era preciso, tocando o sangue úmido, desenhar com a ponta do dedo a escarpa da ausência). Verifiquei o texto de semanas atrás, quando eu não era esse que sou hoje, acrescido de algumas semanas.

Eis as variáveis da equação:

1) o fato,

2) a sua narrativa cinquenta anos depois e

3) a re-escrita dessa narrativa, após acumular em meus ossos novas semanas de vida.

O resultado: mal consigo ver a estrada, há um véu espesso em meus olhos (e não é a chuva violenta que o para-brisas tenta inutilmente varrer). Ouço uma explosão e o carro começa a girar, girar, girar, sei que vamos colidir, sinto a violência iminente do choque e penso em meus filhos, devem estar jantando com a mãe, as faces de todos se fundem numa só e desaparecem quando os estilhaços de vidro me atingem os olhos – e as ferragens me perfuram o abdômen.

Escuro: argila

Peguei um punhado de escuro – era tanta a sua quantidade no fundo daquele poço – e, como tivesse a consistência mole do barro, passei a movê-lo de uma mão a outra, examiná-lo e acariciá-lo para decidir (por seu peso e volume) qual forma lhe daria. Comecei a moldagem, sem pressa, cedendo o calor de meus dedos e do meu sopro ardente àquela matéria rude. Sem experiência em tal manejo, senti que réstias de escuro escorriam pelos meus pulsos, sem contudo resultar em perda definitiva: bastava erguer um braço e eu apanhava, como uma fruta na árvore, outro naco de escuro ao meu redor e, assim, mantinha a massa que sovava em igual medida. Prossegui com meu labor, apurando o quanto aquela substância adquiria uma espessura nova e pulsante, captando como se engrossava em pasta, e ganhava, com as linhas de minhas mãos, contornos sutis (mas permanentes), à medida que meus próprios movimentos a coziam. Sentia que o tempo-artesão modelava ali igualmente, em silêncio, a minha existência, como o oleiro o fazia com a argila em sua roda. E, quando notei que aquele escuro enfim secara em minhas mãos, pude ver, no breu absoluto do poço, a obra que eu havia forjado: um coração. Um coração sangrando luz.

Estação: Madalena

Ele não acreditava no amor. Julgava que podia se afeiçoar a qualquer pessoa, conviver com ela anos – a vida inteira –, sem atribuir a esse vínculo predestinação, sacramento, nada. Apenas o contrato entre duas criaturas, que a rotina tornaria su-ou-insuportável. Daí que seguiriam juntas ou o afastamento haveria de se impor como uma ordem (animal-instintiva) de sobrevivência. Ele concebia as mulheres como estações, prontas para o embarque-e-desembarque dos desejos. As mulheres, passagens: chegava a uma, permanecia um tempo, palmilhava a sua intimidade e seguia, para se deixar em outra, mais à frente, diversa dessa e da próxima. Fiel-a-si, enquanto estava numa estação, fixava os dias nesse território desconhecido, e, logo, infiltrava-se em seus segredos, cuidando de não acreditar na mentira (absoluta) de que encontrara a sua alma-gêmea, ou de que os astros-deuses haviam laborado para que a ela se unisse à eternidade. Embora não tenha se demorado em nenhuma dessas estações, jamais se esquecera da primeira, ainda menino: Maria Olga. E, igualmente, de algumas que a haviam sucedido: Marcela, Patrícia, Ana Rosa, Luana, Raquel, Clara, Sandra, Amélia, Jaqueline, Ângela, Germana, Valéria, Priscila, Renata, outra Patrícia, Verena, Simone, Shirley, cujas faces se misturavam em suas lembranças. Ele não acreditava no amor. E, enquanto envelhecia, passava de uma estação a outra, com a inabalável certeza de que o caminho eram as paradas, e não uma-única-e-longa-parada. Ele não sabia por que todos, em seu entorno, haviam feito das estações a própria residência-fixa. Não acreditava em um ser-sob-medida-para-si, um-homem--feito-apenas-para-uma-mulher. Até chegar a ela: a Estação Madalena.

Eu: sofrimento

Ela disse que nada era comparável à sua dor, que começara com os avós a bordo de um navio negreiro e se espraiara nas costas de seus pais lanhadas pelo látego dos brancos fazendeiros; e o neto de um desses latifundiários disse que o esmagava uma carga avassaladora de remorso (dos crimes que os avós haviam cometido); e o tenente disse que lhe doía o toco do braço mutilado a tal ponto que, às vezes, sentia-o não mais como era, de carne e músculo e osso, mas como um apêndice fantasma que o repuxava; e o casal à frente urrava a perda lancinante de seu menino, afogado quando o barco clandestino em que navegavam fora engolido pelo oceano; e o guerrilheiro disse que só de lembrar o primeiro picão do alicate em sua pele naquela sessão de tortura queria vomitar as próprias vísceras; e a mulher violentada por uma fila de soldados disse que a pior ferida não estava em seu corpo, mas em sua alma gangrenada; e o velho matador de aluguel disse que a morte de sua filha de dois anos por meningite jamais cicatrizaria em sua memória; e a menina seviciada disse que nem o suicídio seria capaz de anestesiar a sua indignação em carne viva; e o governador disse que ninguém se afligia como ele com o efeito poderoso (para o bem e para o mal) de suas decisões; e a índia disse que nem a força de seu ódio apaziguaria a revolta que ela nutria contra a matança de sua tribo; e o paramédico, da equipe de resgate, disse que seus olhos se desorientavam mais que suas mãos ao dar com a infinidade de destroços humanos sob os escombros da cidade; e o mendigo desdentado não disse nada, a boca cheia de pus o impedia de se expressar e a saliva que bebia lhe queimava a garganta como chumbo fervente; e essa mãe disse que não devia ter nascido se era para dar à luz a três filhos e vê-los morrer de fome e, logo, enterrá-los, um a um, ao lado do marido que se matara num instante de desespero; e esse pai disse que perdera a família inteira, a mulher e as duas meninas, na queda daquele avião da TAM, e viver sem elas se tornara insuportável; e um outro pai, ao sair do cartório, disse que nada era mais triste que a certidão de óbito de uma criança – sobretudo se a criança é a sua filha –; e o bebê, que recém saíra do ventre materno, disse, por meio de seu choro, que, ao respirar pela primeira vez, no mundo de fora, sentira alívio, mas também uma imensa aflição – aflição que o acompanhará até o último estertor.

E, depois de todos enfatizarem, com lágrima, muco e cuspe, como se numa disputa, as suas mazelas, a atmosfera venal da comparação se instalara, implicitamente um afirmava (em silêncio) que a sua dor superava a do outro, embora nenhum deles soubesse com que fita se faz tal medida; e, então, quando o desentendimento se acercava, como um invasor sanguinário, eu disse: respeito a dor de todos que se manifestaram, e de quem mais o fizer, é da natureza humana padecer desgraças, mas tenho de contrariá-los com a verdade das verdades: eu sou o Sofrimento. E me distribuo de forma igualitária, uma fração milimetricamente idêntica para cada um – de vocês.

Fases: das lembranças

Igual a tinta branca: na parede. Assim são: as fases das lembranças. Na primeira demão: a cor viva, luminosa, fresca. Na segunda demão: a superfície uniforme, tão alva quanto sólida, reluzente. Na fase de acabamento: todos os ajustes feitos, a pedido, neste caso comparativo, não dos olhos, mas do coração. Igual a tinta branca: na parede. As fases das lembranças: da promessa à efetiva beleza, da beleza ao assentamento maduro, e, daí em diante, rumo à ruína. As lembranças, nem repintadas pelo desejo enganoso da memória, se salvam do último estágio: a demolição.

Filho: fim

Horas atrás, contaram-lhe que aquele filho, último a sair de seu ventre, quando ela, a bem da verdade, já era uma velha senhora – e se fosse o primogênito quem lhe desse a notícia, ou a filha do meio, a dor seria na mesma (insuportável) medida –; o caçula; sim, contaram-lhe, ele só voltaria à casa para que o velassem, aquele filho o mundo lhe devolvia unicamente para a despedida definitiva: como se parte íntima dela não estivesse também, morta, indo embora (para sempre) com ele.

Horas atrás: a fratura exposta de todas (todas!) as fundações de seu ser, mas não ainda o desespero supremo: o momento de vê-lo sem vida.

Agora, ela em seu quarto. Ao lado, o marido, o pai. Mas o pai, por mais que ame o filho, nunca o teve entre as suas vísceras – embora o pai, por ser filho, tenha conhecido (por dentro) o que é crescer entre as vísceras de uma mãe.

Agora, ela está em seu quarto. Pode ouvir os ruídos na sala, a mesa que arrastam para colocar o caixão, o soluço dos familiares, as vozes em sussurro. Pode ouvir as risadas daquele filho, menino, saindo como um vento alegre de sua memória. Pode recordar de coisas secretas que ela, mãe, sabe daquele filho, como só o sol sabe o que é gerar e embalar uma manhã.

Agora, ela está em seu quarto: logo o corpo daquele filho chegará – e não mais para seus braços. O fogo das lembranças, miúdo, em breve se transformará num incêndio colossal. Aquele filho se foi: não tão jovem quanto Aquiles, nem ancião como Ulisses. Pouco importa, para ela, se a vida dele foi cortada abruptamente ou se era esperada. É só o primeiro passo no latifúndio da saudade. Alguém abre a porta do quarto: *vamos!* Ela: estilhaçada pela perda. Mas íntegra para a nova missão: gerar o filho morto em suas vísceras. O parto ao revés. Ela: minha avó. Ele: meu pai.

Filho: veleiro

Meu filho, em uma palavra: cheio-de-si. Em algumas: surdo, para o que diziam os outros. Inclusive eu, o Pai. Fosse qual fosse o assunto. Ele confiante só nele. Mas não arrogante. Apenas desafiador. Moço, à procura de ofício, encontrou-o quando ouviu alguém cantarolar: "não sou eu quem me navega, quem me navega é o mar". Não contente em contrariar essa tese, queria a sua subversão: "sou eu quem me navego, e sou eu quem navega o mar". Meu filho, perseverante-tenaz-resoluto, alistou-se na Marinha. Ele: vazio-de-medo. E a vida uma rota segura, o leme em suas mãos. Meu filho, marujo, imediato, almirante. Meu filho no comando de barcos, navios, transatlânticos. Meu filho, sobrevivente de tempestades, maremotos, tsunamis. Meu filho, ao fim de sua Odisseia, orgulhoso do título que propriamente se atribuiu: domador do mar. Ele, navegante de si mesmo, do nosso mundo

– de todas as águas. E, então, a sua última façanha: cheio-de-si e vazio-de-medo, foi navegar num veleiro pelo oceano-sem-fim. Lá vai ele, certo de que não só se autonavega, mas também navega o mar. Lá vai ele: em seu veleiro dentro dessa garrafinha (que vejo) sobre o móvel da sala.

Irmã: imóvel

Minha irmã, quando notava que havia pouca comida na mesa, punha menos em seu prato: mas eu vi quem se servia primeiro, às pressas, sem reduzir uma colher da cota pessoal.

Minha irmã, quando percebia que a jarra de suco era pequena, colocava água em seu copo: mas eu vi quem não abria mão de garantir não só o suco, como também as pedras de gelo para aumentá-lo.

Minha irmã, quando o varal estava cheio, esperava que surgisse um espaço, no dia seguinte, para lavar e pendurar a sua roupa: mas eu vi quem recolhia a dos outros, úmida, para estender as próprias peças.

Minha irmã, quando alguém chorava, não fazia perguntas, ficava à espera de que a chamassem para o consolo ou a dispensassem: mas eu vi quem, com santa habilidade, sabia aumentar a corrente do pranto.

Minha irmã, quando alguém sorria, não fazia perguntas, sorria junto, feliz pelo feliz dos outros: mas eu vi quem tinha o gosto nato de acabar, como agulha em bolha de sabão, com o sorriso alheio.

Minha irmã observava o mundo e tentava se encaixar nele, sem ocupar o lugar de ninguém. Aprendi com ela a ser atento a mim e ao meu redor – e, sobretudo, a agir, com respeito, depois de concluída a minha observação.

Talvez, por isso, só eu entendi por que, quando o ônibus pendia na ribanceira, e era preciso que todos jogassem o peso para o rochedo, ela se manteve imóvel: ao lado do abismo.

Léxico: novo

Antes: quando a gente sabia muito pouco, e, assim, a dor era menor. Biruta: indica não a direção dos ventos, mas dos sonhos. Corvo: nunca mais um fato, já vivido, retorna à realidade, nem a árvore às asas do pássaro. Dor: pequena, grão – no tempo em que ignorávamos sua medida e seu rosto mutante. Em breve: o fim. Fardo: fé que, durante anos e anos, levamos às costas; leve aquele de feno, enrolado como tapete, nos campos da infância. Grande: o espanto, a cada dia que nasce e se evola com a aparição da noite. Hora: a última, após a qual todo o desassossego se aquietará. Ímpeto: o de escrever – essa triste maneira de amar o vivido, perdoar o presente e se inscrever no porvir. João: o seu nome, vindo do avô; mais um sinal de que os bens, aparentemente próprios, advêm do alheio. Maria: o nome da mãe e da filha; enquanto a sua vida se encurta, ele vai de mãos dadas com as duas; uma que se adiantará ao seu passo, outra que (um dia) o verá partir. **N**ão: no fundo, todos os caminhos levam ao ponto zero; cada sim é apenas um dique provisório, que, no fluxo do tempo, será arrebentado pelo não. **O**ração: não ao Espírito Santo, mas à profana atenção humana; nada pedir, nada suplicar, apenas agradecer (até os pregos na palma das mãos). **P**erdas: ganha-se, uma a uma, ao longo da existência, até que a existência se perca inteiramente. **Q**uase: o que não foi, mas poderia ter sido; o que mudaria a história, mas, por piedade ou lógica do destino, não se consubstanciou. **R**eino: o das palavras (em estado de encantamento). **S**audade: o instante sublime, que só percebemos anos à frente. **T**anto: a porção de amor merecida por nos movermos entre dois nadas. **U**nicórnio: tão bonito, se existisse. **V**ento: o que se desnorteia, quando encontra um biruta. **X**ícara: sem asa, para, antes de ser levada aos lábios, aquecer as mãos. **Z**ás: onomatopeia de tudo o que é efêmero; design de um sorriso; duração máxima da vida.

Lições: duas

Minha mãe, jovem, me ensinou: a leveza das plumas. Meu pai, mais velho que ela: o peso das pedras. Minha mãe: a doçura do beijo na face. Meu pai: a água salgada descendo dos olhos. Minha mãe: a paciência. Meu pai: a intransigência. Minha mãe: o gosto pela dança (das asas, do corpo, das palavras). Meu pai: o interesse pela imobilidade (das casas, dos mortos, do silêncio). Minha mãe: a alegria da manhã (iniciada pelo sol). Meu pai: o desespero da manhã (morrendo ao meio-dia). Minha mãe: o sim atual, negociado. Meu pai: o não, debitado do futuro. Minha mãe: o batom cor-de-rosa. Meu pai: a barba cerrada. Minha mãe: os segredos rasos. Meu pai: as verdades fundas. Minha mãe: o afago da pele. Meu pai: o agora do olhar. Minha mãe: penso nela, quando levo paz a uma situação bélica. Meu pai: penso nele, quando levo ímpeto a um grupo de resignados.

Sei: há casos em que mãe e pai agem ao contrário dos meus – ela no ensino da rigidez, ele na lição dos líquidos; ambos, com suas limitações, esforçando-se para nos dar uma (equilibrada) educação sentimental.

Minha mãe me preparou: para a sua rotina de concessões. Meu pai: para o seu diário de posses. Minha mãe me mostrou uma face do mundo. Meu pai, outra. Que sorte a minha: aprender a captar o instante sensível da vida – e nele distinguir, também, o seu lado bruto.

Mãe: mãos

Muito ou pouco, tudo ou nada, pode-se dizer das mães, desde que se possua alguma habilidade com a linguagem – o que não é o meu caso. Tenho somente três coisas a dizer sobre minha mãe.

A primeira: devota do silêncio, ela. Só se vale, e nunca abusa, das palavras unicamente se for necessário e houver urgência. Ainda assim, testemunhei ocasiões em que seus lábios seguiram lacrados e o momento pedia um grito – que saiu de seus olhos, como naquele dia em que eu, menina, subi numa árvore e, fingindo-me de mico, saltava de um galho a outro, em divertida exibição, *cuidado, você vai cair, desça já!*, ela teria dito se fosse outra, mas não, ela não, ela nada, ela igualmente muda quando minha queda se deu à sua frente.

A segunda: o esmero de seu trabalho manual. Desde pequena, eu me encantava com o que saía, feito mágica, de suas mãos: o pão sovado com torresmo, a trança perfeita em meus cabelos, a minha face desenhada em suas gravuras, as nossas roupas cuidadosamente guardadas nas gavetas. Minha mãe: silêncio e mãos. Toda ela, nesse apenas.

E, por fim, a terceira: o que se passou nessa tarde, entre nós, há pouco. Levei-a à clínica para a primeira sessão do tratamento. Sentamos na antessala. Velha, cansada, temerosa, ela inesperadamente tomou a minha mão (de cinquenta) entre a sua (de oitenta). Atingimos, naquele momento, o coração do silêncio. Nunca ela me disse tanto – sobre as fundações de sua existência, a sua travessia no mundo do qual logo se despediria, o seu sentimento por mim. Diante dessa folha de papel, meus olhos uivam: a palavra é – e sempre será – uma queda.

Meu primeiro: amor

Aprendi com ela, meu primeiro amor: que dói ser o que somos, embora também nos alegre, por isso buscamos no outro o que não temos ou o que gostaríamos de não ter; que a língua, com sua ponta rija, pode ferir como uma faca, mas também, macia e emoliente, é capaz de detectar na superfície da pele a escrita silenciosa das cicatrizes; que, de súbito, passamos a desejar os saltos do tempo (em certos momentos) e o seu passo curto (em outras ocasiões); que nos tornamos estupidamente doces e ternamente rudes quando os corpos se fundem (desconhecendo ainda a sabedoria da finitude); que assim como o começo se impõe com apenas um fio, o final se faz pelo corte em todo o novelo; que se o amor durar muito, a sua perda nos arrastará ao abismo, embora já estejamos noutro abismo (o da ilusão), e, se for breve, o ganho será quase zero; que o amor é enlevo e ascensão, e, no entanto, para se realizar totalmente, em pesar e declínio é que termina. Aprendi com ela, meu primeiro amor: que:

No entanto: aliados

Ele dizia: nada de nuvens. Poesia do chão. Eu acreditava. Mas seus versos carregavam raízes de sonhos, ventanias, penhascos. E mais: o que é um poeta senão terra alada? Ele dizia: meu madrigal é sem sol, não celebra o despertar, é enterro sob a tempestade. Eu divergia: qualquer morto impõe aos vivos nova rotina, manhã sobre manhã – e nem todas em tintas negras, algumas serão obrigatoriamente de horas claras (mesmo se passageiras). Ele dizia: abaixo as flautas doces. Salve o som bélico das cornetas. Eu desconfiava: por que preferia o sussurro das mulheres e não o grito? Ele dizia: sou das ruínas, odeio as paisagens suíças. Eu discordava: seus olhos vazavam alamedas, círculos de ervas. Ele dizia: me atrai a casca. Das árvores e das feridas. Eu negava: não era ele que desbastava a crosta das palavras à procura de sua gema? Ele dizia: meu santuário, a pedra bruta. Eu diferia: e aquele seu pendor pelas formas refinadas? Ele dizia: prefiro o demo ao divino. Nesse ponto (só nesse) eu concordava, sorrindo. E o saudava com uma névoa de enxofre. Eu: o anjo caído, seu eleito.

Nome: Dolores

Não era preciso consultar dicionário de nomes próprios. O significado era: óbvio. Até para quem ignora etimologia. Dolores. Em seu nome já inscrito o que haveria de governar a sua vida, de ponta a ponta: dores. Mas, estranhamente, como se tal palavra não tivesse efeito algum sobre os seus passos, ou se restringisse ao grau de normalidade, ela mulher-contentamento, sorriso constante a pender nos lábios, maneira pollyanna de ser, capacidade, em meio aos achaques, de acreditar na vinda da alegria no dia seguinte. O suficiente para encobrir a maior das angústias. Dolores. Equivalente, em nossa língua, a: das Dores. O desenovelar de sua existência, no entanto, revelava que vivia à mercê de uma quantidade menor delas – ou essas eram de reduzida virulência –, e, quando atacada, conseguia, como se possuísse um poder alquímico, amenizá-las. Dolores. Durante anos e anos, mulher-contentamento, desmentindo a autoridade determinista do verbo. Até descobrir, um dia, o seu destino: que, desde sempre, vicejavam, no júbilo de viver, todas as dores implícitas em seu nome.

Observador: de elite

Descobriu: pelo movimento dos corpos é que se soma ou se subtrai uma vida. Dom, talento, qualidade inata. Não. Atenção apurada. Numa família de distraídos, ele era o alerta para tudo ao redor, com sua imperturbável quietude. Entregue inteiramente a seu ver: um entrever que aos outros irmãos faltava – talvez porque não tivessem os ombros ossudos para suportar o resultado dos cálculos: a mais ou a menos. Pois era, de fato, questão matemática. Começou a diferenciar os sinais quando ainda era o filho único. Menino, dormia na cama com a mãe; o pai, no mar, o mundo à vista, de volta à casa uma vez por ano. E, então, pelo movimento dos corpos (registrava-o mesmo de olhos fechados), sabia que, meses depois, haveria no colo da mãe outra criança. Cresceu, assim, sem errar nunca. Em cinco oportunidades viu os corpos ondulando na escuridão dobrável – e o produto exato:

cinco irmãos. Acertou a incógnita até na noite em que discerniu o vulto do pai a se esgueirar pela porta dos fundos e sumir na neblina – jamais voltaria a vê-lo, senão para o afogá-lo no fundo da memória. À mesa das refeições, observava a quantidade de comida, a fome a se mover na face de cada um (nos lábios da mãe, a dissimulada voracidade da tristeza), e, embora fosse o primeiro a se servir, pela prerrogativa (ou seria a carga?) de ser o provedor, sabia quantas colheres lhe cabiam de arroz e feijão (menos que os demais), as folhas de alface (duas, nos tempos de abundância três), o pedaço de carne (sempre o menor). Por isso, a precisão das armas que lhe davam para manusear. Não tinha pressa alguma. Observava. Observava. Como um devoto o seu altar. Pelo movimento dos corpos (do sequestrador e da vítima), sabia: o instante perfeito de somar – ou subtrair – uma vida.

O peso: compatível

A cada um a sua carga, como fardo ou balão de ar. Deus: o diabo (e vice-versa). Caim: a morte de Abel. Atlas: o globo. Eros: as flechas envenenadas. Moby Dick: o capitão Ahab. Gregor Samsa: a carapaça. Capitu: a desconfiança de Bentinho. As estrelas: a solidão. A Lua: o céu escuro ao redor. As pedras: o silêncio eterno. O verão: as inundações. O vento: a invisibilidade. As flores: as suas pétalas efêmeras. Os pássaros: a falsa liberdade. As formigas: doze vezes o próprio peso. O cofre: o seu segredo (não o conteúdo). A rede: os peixes que vão morrer. O oxigênio: a oxidação. A fé: a sorrateira descrença. Os sonhos: os desejos irrealizáveis. As palavras: às vezes, a sua inutilidade. As suas mãos: as minhas, que delas vão se soltando.

Os dias: a vida

A vida: tão pouca, mesmo se longa, para tudo. Deveria ser como a primavera: uma estação anual para cada desejo. Outra, para as carências do inverno. Deveria nos conceder não apenas a limitada experiência de sermos quem somos – filhos dos nossos pais, nascidos nesse país, mirando à janela essa montanha, semelhante a uma pedra colocada sobre folhas de papel para que não se dispersassem. A vida: tão poeira para o bloco imenso de leis que nos regem. Deveria nos dar pelo menos uma segunda história – ideal se fossem sete ou quatorze como predizem certas crenças, mas seria melhor se fossem muitas (para que comparássemos o que é sentir o mundo com um corpo diferente (sem essa escoliose, esses dentes fracos, essa desilusão férrea). Tão nada a vida: para vivermos anos e anos, lembrarmos só uns instantes fugazes e esquecermos todo o restante (como se todo o restante não fosse nem pré nem pós, mas somente matéria de não-vida, migalha de consciência). E por que não podemos, nunca mais, desfrutar dos dias não usados? Aqueles em que dormimos além da conta, que adoecemos, sobretudo aqueles em que não amamos, nem nós, nem ninguém? Deveria nos permitir a vida: usar as mãos para os utensílios de trabalho num tempo, e, noutro, para a escrita, e, por fim, para tocarmos outras mãos e, juntas, dobrar e guardar numa gaveta o mapa (a todos destinado) da solidão. Deveria nos dar: uma vida inteira só para errar. Uma vida só para rever os nossos erros. Uma vida para perdoarmos as falhas alheias. Uma, para vivermos – pois essa é só para: morrermos. Mas, como seria a nossa existência se fosse unicamente guiada pela cegueira dos prazeres? Ou assolada pela gritaria das aflições? A vida: reles, avara. Jamais, na mesma jornada, a humildade da terra ao nível do mar e os orgulhosos picos unhando o céu. A vida: mísera para a aprendizagem da esperança. A diversidade da dor. A separação entre o presente e as áreas de saudades. E, no entanto, e, no entanto, como nos apegamos a esse nada! Como, às vezes, em sereno desespero, desejamos que o vento nos sopre (farelo!) para fora do tempo. De todos os tempos.

Palavra: gemidos

Comecei a lamber a sua palavra peito – e a lambi com tal fome que descobri haver outro peito em palavra ao lado dele; e, também, com igual desejo, o lambi; e, depois, fiquei a alternar um e outro com a minha palavra boca; e, assim, senti a sua palavra mãos agarrar a minha palavra rosto e puxá-la forte para a sua palavra ventre, levando a ela a minha palavra língua, úmida, molhada, sequiosa, até descer à sua palavra pélvis; e aí a minha palavra pênis se aninhou, fundo, fundo, até que o gozo e a dor se fundiram na nossa (mesma) palavra: gemidos.

Palavras: prisão

: diz-se que as palavras abrem as algemas diante do sem sentido da existência ao qual estamos aprisionados. diz-se que as palavras libertam. que arrebentam as comportas da incompreensão. que se não vencem a incomunicabilidade, às vezes a derrubam com golpes inesperados. que se depreciam o silêncio, também inflam seu preço. diz-se que as palavras desengasgam gritos, regurgitam injúrias, dão voz a detentos mudos. sim:

:mas as palavras, ao dar existência aos sentidos, fecham-nos em suas algemas. uma vez descrita a cena, a partida de uma regata, os barcos se põem em movimento, e assim será para sempre, ninguém poderá pará-los, a não ser outras palavras. se elas os interceptarem, congelando-os, será no momento seguinte à largada, nunca, jamais, no instante exato em que as palavras anteriores deram ordem para que zarpassem. escrito numa página, o pássaro que levantou voo, estará em voo para sempre, nenhuma eternidade o pousará de novo no ramo da árvore. o vaso quebrado pela mão do narrador, quebrado permanecerá – assim como na vida, o vaso estará preso à sua condição de cacos, incapaz de recuperar a inteireza. a faca empunhada, no verso do poema, por um menino, continuará na mão dele, ninguém poderá arrancá-la, só se o poeta o quiser, e, mesmo assim, para que a arranque, ela continuará em seu antes perenemente na mão do menino. expulsas da boca, sopradas entre os lábios, inscritas no papel, enunciadas numa gravação, as palavras, ao ganhar vida, perdem a sua liberdade:

Salto: página

E eis que ele estava ali, apenas um homem guardando no corpo (frágil) a própria vida, a boiar naquele imenso mar branco, sem saber que tal território espumoso possuía, sim, margens bem definidas, ainda que, em sua percepção, invisíveis, já que a realidade é névoa a se desfazer quando os fatos entram em colisão ou se encaixam (como um abraço) na consciência de quem resolve, por desejo ou acaso, entrar nela com os pés descalços de sonhos. Pouco adiantaria lhe dizer qual a sua posição, latitude e longitude só valem para quem o avista – um cisco nas dobras de um lençol leitoso, um homem à vista entre as terras e os céus do nunca; não adiantaria lhe dizer, *és um náufrago*, náufrago de um pensamento que singra as ondas da manhã ensolarada, um pensamento quase oco, não fosse ter em seu núcleo a vocação para nadar contra a correnteza da matéria. Ele avança, aos poucos, por essa enorme alvura de nuvem, pequeno barco para um observador que o flagra na mesma linha dos olhos, e o acompanha em seu percurso perigoso (ou inócuo) rumo – ele ignora – a outro mar branco, sem poder resgatá-lo de si, sem poder salvá-lo definitivamente (enquanto gira, à deriva) de seu irrevogável destino. Talvez ele prefira se manter ali, subitamente inerte, na represa de uma foto com seu poder de ordenar, *oceano, cesse suas ondas!* Talvez, movido por vontade própria, agarrado à sua existência, ele queira continuar a sua odisseia, insignificante para o mundo. Talvez, fazendo de seus braços remos naturais, se esforce para ultrapassar esta folha de papel e saltar: saltar, como um homem, para outro nada.

Sangue: sangue

O pediatra solicitou: exame de sangue. A menina tinha apenas: dois anos. Os pais na incerteza de sempre: prepará-la, de mansinho, omitindo a dor da picada, ou deixá-la alheia para que descobrisse, na hora, a agulha a lhe perfurar a veia? Eles: na dúvida de como agir. Ela: na ignorância do que a esperava (embora em seu destino fluísse, silencioso, o sangue: o sangue de todos os antepassados). Então, no dia seguinte, logo cedo, em direção ao laboratório. A menina em jejum. Os pais, também, solidários. Tentaram distraí-la no caminho: a manhã de sol, tão linda, coagulava sem pressa. A manhã: para ser apenas sentida – porque, para ser lembrada ou esquecida, era preciso que doesse, ou que uma alegria inesperada a lancetasse. E lá chegaram, enfim. Crianças inquietas, iguais à menina, distraíam-se com seus brinquedos. Umas: sorriam, tagarelas, vacinadas de engano. Outras:

mudas, ressabiadas, em verde desconfiança. Longe da sala de coleta, não ouviam o pranto, o grito, o escândalo das que as precediam. Chegou a vez dela: coragem ou covardia? A menina mirava os pais: incrédula. Nada amenizaria o efeito daquela traição. Impotentes, eles não tinham como estancar a piedade que sentiam pela sua menina. Era só a primeira vez que o mundo exigia o sangue dela. E, como todas as demais, não havia o que fazer: só assistir ao êmbolo da injeção sorver o vivo vermelho da vida.

Sempre: às vezes

Sempre:
Minha mãe me mimava: enfraqueceu-me.
Meu pai me repreendia: fortaleceu-me.
Minha mãe me protegia: intimidou-me.
Meu pai me incitava: expandiu-me.

Às vezes:
Minha mãe gritava: emudecia-me.
Meu pai me ouvia: consolava-me.
Minha mãe me largava: entristecia-me.
Meu pai me acolhia: contentava-me.

Sempre e *às vezes* são mãe e pai do amor.
E: do ódio.

Sol: chuva

: no Crato. Ela, menina, quando deu para pensar – até então era conduzida pelo sentir –, descobriu, sorrindo, que a avó saía de casa com a sombrinha não para se prevenir (ali quase nunca chovia), mas para se proteger do sol: falacioso, ostensivo, sufocante. Por isso, a avó amava a árvore que cobria a varanda de casa: sombra natural, inerte, protetora. E quando deu para ler – até então só sabia ver –, a menina notou que não era apenas a avó: mas todas as mulheres, não apenas as idosas, quando caminhavam pelas ruas secas e poeirentas e abriam suas sombrinhas para se abrigarem do sol. E também os homens: com seus guarda-chuvas. Pois, um dia – foi tão rápido –, eis que ela se viu moça, e, depois, mulher, e, depois, mãe, e, depois, avó, com sua sombrinha, de um ponto a outro da cidade, e da vida, fugindo do sol! E, então, na varanda de casa, mais tarde, mirando uma menina ao sol. A sair de seus olhos: uma chuvinha. Ela e aquela lembrança, do primeiro e inesquecível entendimento:

Sombras: luz

Ele disse que era uma verdade antiga, e talvez fosse, embora não no mundo que me forjou, pois me ensinaram o contrário: que devíamos almejar a luz. Livrar-nos das trevas: essa, a missão de todos nós. A elevação espiritual, o mais alto grau de racionalidade, era e sempre seria o processo compulsório de iluminação. Etapas veladas de um longo circuito. Um iluminado resultaria em senhor de si e de sua vidência. Então, ele disse essa verdade antiga, vinda de sua terra, e mudou inteiramente meu entendimento: uma pessoa à luz não vê senão o vulto daquelas que estão na sombra. Não distingue seus traços. Blocos de escuro, indefiníveis. Já uma pessoa no escuro vê plenamente as que estão na luz. Percebe seus traços mais sutis. Com escandalosa nitidez. A claridade desvela e revela. Assim, o sol é inferior à escuridão: sonha, um dia, ser igual a ela. O sol sonha se apagar. Para tudo ver. O poder está, pois, na sombra. Agora sei por que vejo tão bem as pessoas à minha frente. Noto a sua aura ilusória. Os detalhes acesos. Eis a vantagem de estar nas trevas. E eu, que me imaginava um luminar.

Superfície: lisa

Ela descobriu, não por acaso, já deveria ter percebido que era um de seus traços inerentes – talvez alguém próximo tivesse constatado e não disse –, mas se deu conta de que era, em verdade, uma virtude sua, e, como tal, deveria explorá-la em todos os sentidos, uma vez que se constituía no norte de suas escolhas. Descobriu numa ação simples e cotidiana, ao recolher com a mão (evitando ligar o aspirador) migalhas de pão maculando o tapete felpudo – e preto, que amplificava a visão de sujeira. Decidiu comprar outro tapete, fino, não só para evitar o tempo perdido com a limpeza, mas, sobretudo, porque as malhas intrincadas, como todo e qualquer tecido, impediam o deslize feliz de seu dia. As superfícies lisas passaram, então, a ser a matéria concreta daquela sua virtude: substituiu gradualmente o piso de cerâmica da casa, que acumulava pó entre as gretas; trocou a mesa de tampo rugoso, em cujas reentrâncias mínimas, no entanto, restos de comida quase invisíveis se acumulavam, obrigando-a a passar com força pano úmido e, depois, lustra-móveis; doou as mantas de espessa lã, hospedeiras de ácaros, para uma casa de repouso, e comprou cobertores finos, de tramas justas, que evitavam pegar pelos, ciscos, fiapos de roupa. E, com o tempo, a ação virtuosa a levou a se comportar da mesma maneira nos ambientes externos. Nos bares e restaurantes, preferia se sentar nas mesas à entrada, jamais ir ao fundo, onde certamente encontraria algum tipo de concentração malsã (de garrafas, pratos, pessoas em festa); nas piscinas, da mesma forma, banhava-se no raso, onde podia ver os próprios pés limpos, sem nada molestá-los, tanto como nas praias, entrando no mar apenas até onde as águas atingissem seus joelhos, nunca experimentando ir mais adiante, onde algas marinhas pudessem se enroscar em suas pernas. Até que atingiu o ápice de sua virtude, ao optar por ter à sua volta, e em seu mundo adentro, apenas pessoas superficiais – que davam menos trabalho, de cuja convivência diária ela podia escapar sem esforço, já que se tornara escorregadia e avessa a qualquer relação que exigisse atravessar muitas camadas de sentido. Queria, para sempre, o tecido da vida que não se prendesse ao gancho dos fatos, o caminho que evitasse os relevos acidentados (como se fosse possível). Assim, ela foi se tornando plana, sem saliência, tesa com o mundo e profunda: profundamente vazia.

Um amor: morto

Quando meu avô se foi, eu, menino, me assombrei, era a primeira morte da minha vida; mas, aos poucos, compreendi: nas profundezas ao meu ser se fez um poço. Anos à frente, minha mãe partiu, assim, de repente, no domingo reclamou, na quinta-feira silenciou: tive de cavar na memória um oco para ajustá-la ao meu inconformismo. Depois a vez do Dito, meu único irmão, foi como se eu perdesse um braço da minha história: e mesmo se fosse uma perna amputada, a ordem da vida era continuar, a outra perna nos leva adiante. Na sequência, foram os amigos, muitos, conhecidos, vizinhos, e, apesar do renovado espanto, me acostumei a deixar os mortos se agarrarem à rede da memória.

Agora, o teste mais difícil: aceitar o fim de Mariana. Se ela tivesse morrido de fato, enterrada a sete palmos, eu suportaria – como foi com os demais, a visão do corpo dentro do ataúde nos mostra, sem piedade, que a mágica perdeu o efeito, o adeus se impõe implacavelmente. Mas ela está viva, embora morta – porque se transformou em outra (se mudou com outro homem) tão diferente da original, que jamais poderei encontrar. E como não morreu de fato, tenho de matá-la de minha vida – eu que mal consigo eliminar baratas, eu que nem piso em formigas. Eu não sei matar, só morrer. Mas sinto, nas tripas, que vou gerar este assassino em mim.

Verbos: outros tempos

A partir deste instante, em que a notícia chegou a nós, os tempos dos verbos (todos) imediatamente se alteram, obrigados pela ordem dos fatos, a instaurarem (sem apelação) o passado perpétuo. A partir deste instante, nunca mais poderemos dizer: ele sorri. Tampouco: ele chora. Jamais vamos narrar um momento trivial, que, no entanto, nos distraía dos pesares, nos aliviava (como um sopro) a ardência das feridas, e que, agora, se enterra nas impossibilidades eternas; jamais vamos narrar que: ele veio no sábado, e nos abraçamos, e ele disse (o que não dirá mais) que o nosso time, despencando no campeonato, haveria de dar a virada, e, enquanto fazíamos churrasco e bebíamos cerveja, conversávamos sobre as coisas do mundo, que nos afetava, e sobre os nossos afetos, desde meninos, que eram o nosso mundo partilhado, o mundo que só existia por nós, o mundo que segurávamos, como uma muda de árvore grande, que exigia quatro mãos para levá-la a um canto onde batia sol, embora, em parte do dia, batesse ali também a sombra, que era inerente (e necessária) para o seu crescimento. Jamais vamos dizer: ele vem para o Natal, ele vai visitar a mãe na Semana Santa, ele faz quarenta anos na próxima semana. Instantânea se fez a ditadura dos verbos conjugados no pretérito. Sonhar, agora é: sonhava. Correr: corria. Ligar: ligava. Sentir: sentia. Amar: amava. A partir deste instante, o *é* se transformou em: *era*. Todos os ois viraram: um único adeus. Tudo para ele, agora é: nunca mais. Mas, em nossa memória: para sempre ele estará.

Vida: breve

Quando ela nasceu, fatiei meu velho mundo para recebê-la, inteiro. Cortei os cabos de aço que me prendiam à ingenuidade das crenças. Decepei os dedos de prosa com pessoas vazias. Retalhei a carne das minhas mentiras e as atirei aos cães famintos de verdade. Mutilei os meus sonhos – mas, de seus tocos, surgiram outros, robustos como sequoias, dos quais ela emergiu no centro das minhas motivações. Quando ela nasceu, esmigalhei os hábitos perversos que apodreciam meu cotidiano. Acabei com minhas frivolidades, uma a uma, sem misericórdia. Cortei rente à pele as minhas unhas sujas de histórias mal contadas. Destroquei com alegria o quartel-general do meu egocentrismo. Pulverizei todas as crônicas da vaidade familiar, quando ela nasceu. Atomizei as minhas idiossincrasias – com exceção daquelas que poderiam beneficiá-la, como a obsessão pela ordem. Arrebentei as cercas que me separavam da esperança – esse mal que me impede de agarrar o desencanto. Estraçalhei a rotina que eu tanto preservava para ocultar o silencioso cerco da finitude. Incendiei o altar do meu cinismo, quando ela nasceu. Desintoxiquei a memória e desprezei os perigos, quando ela, minha filha, nasceu para me salvar de mim. Mas ela ficou tão pouco por aqui: a falta de uma vacina (distraí-me!) a levou para sempre.

Vide: a vida

Para sentir os efeitos colaterais dos antibióticos: vide a bula. O poder do passado, que dizem estar morto: vide a saudade. O retorno à alegria primal: vide a infância. As consequências da ingenuidade: vide a esperança. A falácia dos relacionamentos: vide a solidão. A viagem ao país dos sonhos: vide os apátridas. A inevitável experiência da traição: vide os gatos. A indiferente distância das maravilhas: vide as estrelas. A inatingível conquista da luz: vide a escuridão. A inesperada queimadura na pele: vide o gelo. A gentileza interesseira: vide a placa "desculpe pelos transtornos". A liberdade de sair pelo mundo e esbarrar nas muralhas: vide o vento. A beleza do efêmero em contraposição ao eterno: vide as flores. A certeza das mudanças ininterruptas: vide a tristeza. A tentativa inútil de explicar a nossa existência: vide as palavras. A resignação ante o nada: vide o silêncio. A falta de coragem para impedir a continuidade do nosso sem-sentido: vide os filhos. O milagre de esquecermos por um instante a nossa sina: vide os sorrisos. A impossibilidade de estancar as nossas dores: vide os abraços. A crença na ilusão do amor: vide nós, os humanos.

Corpo do Tempo: Cicatrizes - Histórias com dois pontos
Copyright © 2023 de João Anzanello Carrascoza
Copyright © 2023 de Starlin Alta Editora e Consultoria Eireli.
ISBN: 978-65-81275-44-0

Rodrigo de Faria e Silva • editor
Luiz Henrique Moreira Soares • revisão
Isabelle Drumm • revisão
Raquel Matsushita • projeto gráfico e capa
Entrelinha Design • diagramação
Milena Soares • assistente da obra
Henrique Waldez e Marcelli Ferreira • equipe editorial

Catalogação na publicação
Elaborada por Bibliotecária Janaina Ramos – CRB-8/9166

C313
    Carrascoza, João Anzanello
    Corpo do Tempo: Cicatrizes - Histórias com dois pontos
/ João Anzanello Carrascoza. – Rio de Janeiro: Alta Books,
2023.
        108 p.; 14x20 cm

        ISBN 978-65-81275-44-0

        1. Conto. 2. Literatura brasileira. I. Carrascoza, João
Anzanello. II. Título.

CDD 869.93

Índice para catálogo sistemático
I. Conto: Literatura brasileira

Este livro foi composto com as tipografias Bell

ALTA BOOKS
GRUPO EDITORIAL

Faria e Silva é um selo do Grupo Editorial Alta Books.
Rua Viúva Cláudio, 291 – Bairro Industrial do Jacaré
CEP: 20.970-031 – Rio de Janeiro (RJ)
Tels.: (21) 3278-8069 / 3278-8419
www.altabooks.com.br – altabooks@altabooks.com.br
Ouvidoria: ouvidoria@altabooks.com.br